Cuenta - Mundo

Colección
LOS CONTEMPORANEOS

© 1993, GABRIELA MISTRAL
Inscripción Nº 85.093. Santiago de Chile
Derechos de edición reservados por
© Editorial Universitaria, S.A.
María Luisa Santander 0447. Fax: 56-2-2099455

ISBN 956-11-0859-3
Código interno: 010781-6

Texto compuesto con matrices *Linotron Baskerville 10/12*

Se terminó de imprimir esta
PRIMERA EDICIÓN
en los talleres de Editorial Universitaria
San Francisco 454, Santiago de Chile
en el mes de abril de 1993

CUBIERTA
La gitana dormida
Óleo de *Henri Rousseau*

IMPRESO EN CHILE / PRINTED IN CHILE

Gabriela Mistral

Cuenta-Mundo

Prólogo, Selección y notas de
Jaime Quezada

EDITORIAL UNIVERSITARIA

ÍNDICE

PRÓLOGO   9

I

El faisán dorado   15
La jirafa   17
La cebra   18
La alpaca   19
El topo   20
El armadillo   22
La tortuga   24
Una lechuza   25
Una serpiente de Java   26
El miedecito de la gacela   27
La medusa de Guayacán   30

II

La piña   35
El higo   35
El sauce   36
El girasol   37
El cardo   38
La raíz del rosal   40
Por qué las cañas son huecas   42
Por qué las rosas tienen espinas   45

III

La charca   51
Limpia tu fuente   52
La Pascua de los pájaros   54
La gracia del trino   57
El picacho   59
Decir el sueño   61

FUENTES MISTRALIANAS   65

Prólogo

Desde muy temprano Gabriela Mistral (1889-1957) vino escribiendo estos luminosos y vivenciales textos —llámense cuentos, relatos, fabulillas, jugarretas, motivos, estampas—, haciendo de lo oral un rescate de tradiciones y una fuente expresa de entretenimiento. Ya en *Desolación* (1922), aquella motivadora obra primera de poesía y prosa, se recogen sus cuentos *de los por qué* (de cañas huecas o de rosas con espinas), tal vez las únicas prosas cuentísticas verdaderamente conocidas, humanizadas de atmósferas espirituales en sus diálogos y parábolas. Antes, estimulada en sus afanes de maestra de escuela, varios otros cuentos estarían destinados a las antológicas páginas de los *Libros de lectura* de Manuel Guzmán Maturana. Después, en sus años de errancia por el mundo[1], su apego por el relato o el contar era su expresión cotidiana de revelar las muchas cosas que miraba, tocaba y sentía, una necesidad de acercamiento al prójimo.

De boca de su gente elquina, Gabriela Mistral conocerá no pocas crónicas y leyendas que constituirán, de hecho, la literatura de su infancia. Gentes que sabían contar donosamente sucesos prodigiosos que serán para ella una lección recreadora: *Yo quiero decir que las narraciones folclóri-*

---

[1] Una de las secciones definitivas de *Ternura* se llamará precisamente Cuenta-Mundo, y dará título también a la siguiente estrofilla: "Niño pequeño, aparecido, / que no viniste y que llegaste, / te contaré lo que tenemos / y tomarás de nuestra parte". Gabriela Mistral, *Ternura*, Editorial Universitaria, segunda edición, Santiago de Chile, 1992, p. 149.

cas de mis cinco años y las demás que me han venido con mi pasión folclórica después, son las mejores para mí, son eso que llaman "la belleza pura" los profesores de estética, las más embriagantes como fábula y las que yo llamo clásicas, por encima de todos los clásicos[2].

Los textos aquí ordenados, escritos por Gabriela Mistral en distintas épocas y en diferentes lugares de residencia, se presentan armónica y unitariamente por primera vez. Aunque publicados algunos de ellos en páginas de revistas hoy desaparecidas, o en libros de materias varias de la autora, se hacía necesaria una atenta y cuidadosa muestra de este género del contar mistraliano. De estos cuentos —*El faisán dorado, La raíz del rosal, El miedecito de la gacela*, por ejemplo—, además de su original y bella escritura, se desprenden también lecciones de artístico tratamiento: un enseñar flora (*La piña, El girasol, El cardo*); un enseñar fauna (*El topo, La alpaca, Una lechuza*), un enseñar geografía (*La medusa de Guayacán, Una serpiente de Java*).

Gabriela Mistral recoge aquella vieja y sabia tradición oral de sus antepasados, para hacerla lengua real de gentes, hábitos, pájaros, animales, plantas, en un todo de vida y naturaleza dialogante y humanizadora. De ahí, también, el carácter de *estampas* que varios de estos relatos tienen en su significación de imágenes y colores, y en la familiaridad de las historias, anécdotas y personajes: la familia zoológica en la madre alpaca o el padre faisán, el esposo con la esposa topo. También en las alegóricas hazañas guerreras de los armadillos, que conllevan referencias a un Cid Campeador o un Rolando de Roncesvalles, uniendo siglos de literatura y épocas de historia.

[2] Gabriela Mistral, *Contar*, recado publicado en "Repertorio Americano", Tomo XVIII, San José, Costa Rica, 20 de abril de 1929, pp. 238-39. Con fecha posterior y con el nombre de *Para saber y contar*, lo publicará "El Mercurio", de Santiago de Chile. Roque Esteban Scarpa lo selecciona para el libro *Gabriela Mistral: Magisterio y niño*, Ed. Andrés Bello, Santiago, 1979, p. 96.

En la sencillez de estos cuentos y en la originalidad de tratamiento de sus temas destacan los diálogos, las conversaciones, las frases sentenciosas, las parábolas, las sutiles moralejas, todo siempre en un donoso y atractivo decir. Y decir bien, con aquellas cualidades recreativas que ella misma detalla, los temas de intención moral (y a veces social), belleza, y otros: *El contador ha de ser sencillo y hasta humilde si ha de repetir sin añadidura fábula maestra que no necesita adobo; deberá ser donoso, surcado de gracia en la palabra, espejeante de donaire; deberá reducirlo todo a imágenes, cuando describe, además de contar, y también cuando sólo cuenta*[3].

Por los topos, las tortugas, las jirafas, andan evocadora y lecturalmente las vívidas páginas de un Rudyard Kipling o de un Horacio Quiroga, autores admirados por Gabriela Mistral. Prodigiosos hallazgos y sorpresas en el relato y una latente y atractiva mirada de reflexión o búsqueda meditativa en la frase trasfondo. Y todo, de la manera más cotidiana, y con la más certera sinceridad creadora. Ese miedo de la gacela, por ejemplo, que sale a vagar y recorre otros espacios hasta encontrarse con otros miedos: el miedo de los niños, *cuco* de la infancia[4] transfigurado en cuerpo o cosa lúdica en su marca de edad y de carácter. O la propia autora, Gabriela Mistral, preguntándose: "¿Qué será, Dios mío, la jirafa? Y ella me contesta que sólo es fea, porque se parece a la quebradura de mi propio anhelo"[5].

---

[3] Gabriela Mistral, *Ibid.,* pp. 238-39.

[4] El tema del miedo —diminutivamente miedecito para hacerlo menos miedo— importó a Gabriela Mistral tanto en su prosa-cuentística como en su poesía. Las atmósferas de "El miedecito de la Gacela" tienen su semejanza en "El cuco" (con su sueño, su sombra o su juego en sus infancias), un significativo y revelador texto del libro póstumo *Poema de Chile,* Cochrane-Planeta, Literatura Contemporánea, Seix Barral, Prólogo y anexo de Jaime Quezada, Santiago, 1985, pp. 45-46.

[5] La historia-anécdota del tierno y hermosísimo relato de "La medusa de Guayacán" (la niña de doce años, que era ella, levantando bichos en el

Al escribir estos cuentos, la mismísima Gabriela Mistral se propuso siempre contar con agilidad, con dicha, con frescura y hasta con alguna fascinación. En estas novedades de cosas y cuenta-mundo, tales propuestas se cumplen, en hora buena, con cabal plenitud. Sencillamente, lección bien coloreada de temas e imágenes felices.

Jaime Quezada

Santiago, Chile. Agosto-septiembre de 1992

---

mar de Coquimbo: "Lo mejor que posó sobre nuestras palmas y sus garabatos cabalísticos no son los dineros, ni los regalos, son las novedades de cosas y seres que tuvimos allí unos momentos") tiene su relación y jugarreta con el poema "La manca", que se abre al mundo en esa "Novedad de tierra sacamos del mar, / novedad de un dedito de niña...". *Ternura*, Edit. Universitaria, Santiago de Chile, 1992, p. 142.

EL FAISÁN
DORADO

ESTÁ HECHO A PEDAZOS, de fuego y de oro, en zonas como las gredas. Se sacude en vano para mezclar las franjas ardientes y hacer la llama.

Gracias al blanco y al negro no hace arder el arrayán sobre el que se coloca.

—Un pájaro en piezas, le dice la paloma toda ella unidad. "Si tú no tuvieras —le contesta él— un poco de rosa en las patas serías un bostezo blanco. ¡Qué aburrimiento!".

Un día contaron unos niños cerca de él la historia de las salamandras, hijas del fuego. Se interesó mucho por ellas, pero todavía no ha podido verlas.

Mira a la faisana, anodina. ¡Qué esposa morganática le dieron! Si un día llega al parque su igual, la nacida del fuego, la desposará en una gran llamarada. Pero la salamandra no llega y él envejece al lado de la faisana descolorida.

Lo que ha visto digno de él es la tarde, que cae herida detrás de los últimos árboles del parque rompiendo un huevo rojo en el horizonte. La odiaba porque entrega su plumón sin protesta cada día, hasta que se le ocurrió pensar que fuese su madre.

Desde entonces la ama y espía entre los castaños su caída. Grita como para recoger la llamarada que salta de los castaños a los estanques.

Aquella faisana que no conoce la realeza del color, no sabrá nunca darle un huevo semejante, dejándolo caer como una brasa en el centro del nido.

La faisana, cuando le oye el reproche de su pardez, suele decirle:

"¿Y qué hacemos los dos, dime, si nos ponemos a arder juntos? Para bermejeces basta con tu pechuga, que anda buscando dónde aliviarse. Sin mí las gallinas te verían como un embrujado. Gracias a mí pueden emparentarse contigo y tolerarte cerca".

¿Qué será, Dios mío, el faisán?

Hubo un tiempo en que el mundo fue más color que forma y contemplarlo era más gozo: se quebraba por todas partes en luces como el mar. Era la juventud del mundo. Dio vueltas y vueltas y vueltas hasta enfriarse. Sólo le quedan hoy algunos viejos rescoldos perdidos: los faisanes, el pavo real, las granadas.

Pero podría ocurrir que Quien sopló la primera vez volviera a soplar y estos rescoldos ardiesen de nuevo. Entonces las palomas, los cisnes, el águila blanca, se encenderían y el mundo entero volvería a ser un faisán con pechuga de fuego.

LA
JIRAFA

LA VEN PASAR y se preguntan los demás animales qué cosa ha alcanzado que valiera ese levantamiento del cuello.

—Tendrá mejores datos que nosotras —dicen las liebres— sobre las tempestades.

—Qué hambre estúpida de horizontes —comenta la cebra— su prima en jaspeadura. Aconseja que se le devuelva la línea, aunque sea deslomándola.

Este desnivel tiene asustadas a sus propias patas traseras. Piensan que hay dos jirafas, una parienta de los asnos y que tiene la altura que quiso la voluntad de Dios y la otra embrujada, que sube a cuarta por noche.

—¡Deténgala, dicen las patas traseras, deténgala que se va!

Sale de paseo por el bosque y va gritando a los grandes árboles: ¡Abrirse, abrirse!

Los árboles, con su noble pereza, no levantan el follaje, y ella pasa haciéndoles unas grandes rasgaduras, y deja el bosque partido en naves como una catedral.

Se anda ofreciendo para las grandes comisiones, una ante el elefante que debe dar su sombra a un campo de cultivo que se abrasa, otra ante el molino que no deja dormir a una mancha de musgo. Pero el elefante y el molino han desconfiado de ella y les parece de mal agüero escucharla.

—Tiene —dicen— dos creaciones, una buena y otra torcida.

Oficio no se le conoce y solamente una banda de beduinos la empleó una vez para levantar lo alto de su tienda remendada, a la que se le había roto la armazón. Desde entonces, anda llena de unas grandes flores negras, porque los beduinos borrachos dibujaron sobre ella toda la noche.

—¿Qué será, Dios mío, la jirafa?

Y ella me contesta que sólo es fea, porque se parece a la quebradura de mi propio anhelo.

LA
CEBRA

SE ECHÓ A MEDIODÍA debajo de un juncal y se levantó rayada. Le costó mucho acostumbrarse. Los asnos la repudiaron. Ella explicó que era solamente un asno de domingo. La mula la ofendió comparándola con la cretona de las ventanas, y ella alegó en su defensa las pintaduras del leopardo, que a nadie escandalizan.

"Son redondas —le contestan— y frutas y animales se pintan así, pero no en tu manera".

La desesperaron en un principio y fue a restregarse el lomo rayado en unos troncos como había visto hacer a los ciervos con los cuernos viejos. ¡Nada! Que aquella tela se llega hasta los huesos. Regresando, dolorido el costado, se miró en un estanque. Caía entera sobre el agua y las grandes rayas hacían unos hermosos pliegues negros.

Ahora lo que la tiene preocupada es no desteñirse. Se guarda de la lluvia, pensando en el descalabro que sería quedarse sin color como el asno. Cuando debe atravesar un torrente, pasa al trote y se mira las patas cuando llega al otro lado.

Ella comprende el valor de su dibujo desde que la han sacado del establo, a ella sola, y la han llevado al gran parque.

Un día ha visto una cosa extraordinaria.

Había sobre el parque un gran cielo blanco. Fueron de pronto, con el viento, haciéndose zonas y zonas, y zonas grises que se volvieron negras. Había caído el crepúsculo y el cielo se volvió amarillo. Aquélla era una cebra, otra cebra...

—¿Qué será la cebra, que será ella, sobre este mundo, Dios mío?, me digo.

La cebra es —me contesta un pícaro— un asno al que ha azotado su amo toda una noche... y nada más.

LA
ALPACA

ESTÁ APAREJADA PARA un largo viaje; lleva encima toda una tienda de lanas.

Camina inquieta y mira con unos ojos llenos de extrañeza. El comerciante en lanas se ha olvidado de venir a buscarla, y ella está pronta.

No hay cosa más aparejada que ella en este mundo; una gualdrapa, otra gualdrapa y otra gualdrapa. Es tal la mullidura en lo alto, que si le ponen allí a un recién nacido, él no le sentirá un hueso del lomo.

Hace calor: la misericordia para ella fuese en este día una gran tijera que cortase y cortase.

Cuando se pierde algo en el parque, ¿a quién han de mirar todos sino a ésta del alto aparejo, que parece llevar escondidas en él todas las cosas? Y cuando los niños piensan en que los objetos que han perdido, muñecos, osos, ratas que vuelan, árboles que hablan con siete voces, pudiesen estar escondidos en una sola parte, es de ella de quien se acuerdan, de la muy aparejada.

Pero mírenla a los ojos, los ojos asombrados que no saben nada de nada y que solamente preguntan por qué la aviaron para un largo viaje y no vienen por ella.

La culpa de su tragedia la tiene una montaña del Altiplano, hacia donde su madre miraba y miraba. La montaña echaba también aparejos y aparejos que se aclaraban hacia arriba y se le entró por los ojos a la alpaca madre.

La bajaron de la meseta, la han puesto en un horizonte estúpido, y cuando vuelva el cuello es que sigue buscando a la alpaca mayor, a aquella que aclara sus aparejos en lo alto, donde se le vuelven resplandor.

¿Qué hemos hecho tú y yo, le digo, de nuestra Cordillera de los Andes?

EL
TOPO

EL ENANO DEL CENTRO de la Tierra le prometió una esposa subterránea. Él comprendió que debía bajar a su encuentro. De ahí los subterráneos y las galerías que ha ido labrando hasta hacer allá abajo uno como árbol de espacio, lleno de ramas sombrías. Será el palacio de las bodas.

Naturalmente, con el polvo levantado y con la obscuridad se fue quedando ciego, cosa que no le ha importado porque la esposa no es criatura de la luz.

Y, naturalmente, con aquel mucho silencio se le ha hecho un oído delicadísimo y un paso inefable.

La novia tarda en subir y, terminada la casa, ha habido que llenar con algo el tiempo. Él vio, un día, subir la noche de las entrañas de la Tierra como un pesado bostezo por las ramas de su árbol de espacio.

(Porque todos los que han dicho que la noche baja del cielo dijeron mentira: sube como un vapor del centro del mundo y como un vapor lo envuelve).

El topo anda allá abajo, ayudando a los otros que hacen la noche, cada doce horas, como un vellón enorme de oveja negra. Ahora es de los más finos artesanos.

El material de la noche fue ensayado en sí mismo: el topo se hizo una pelliza sigilosa que no le choca contra ningún objeto y cuyo tacto será muy de gusto de la esposa.

¿Lo oís caminar? Cuando arriba es de día, va y viene recogiendo con un ademán suave de las manos, como quien recoge un ovillo, la obscuridad de las galerías y al caer la tarde hace subir el gran vellón hasta la superficie del mundo y vuelve a bajar.

Se sienta en el tronco de su árbol de espacio con el oído atento, espiando el cortejo del Centro de la Tierra.

Los tontos de arriba le atribuyen su misma calidad. El Gran Enano del Centro de la Tierra sabe que la inteligencia está hecha un poco de capacidad de silencio y otro de lentitudes.

Ya no falta sino la desposada: en las galerías hay grandes pieles de sombra mejores que las del oso negro y lo mejor de todo para ella: el pecho suavísimo del desposado.

EL
ARMADILLO

Su PADRE, EL GRAN Armadillo, a poco de nacerle el hijo lo preparó para la guerra de los Armadillos: le amoldó una piedra redonda en la costra y durante muchísimos días se la labró, rombo a rombo, puesta sobre y con una manita y un ojo clavado de artesano puro. En su celo excesivo, se la prolongó en una víscera de hueso sobre la cabecita de culebra y, para no dejarle cosa desamparada, le hizo todavía la vaina en que meter la cola a resguardo de rasguñadura de árboles. Las uñas no dejan que desear como útiles de roer, de atrapar y de no dejar caer la pieza y en el ojo puso su poquito de astucia en una cabecita de alfiler negro. Sobó las corvas que quedaron listas para correr; miró a su guerrero de hueso, bien prevenido se lo mostró a la Armadilla, dándole golpes de una en cuatro partes para que oyese el hueso y lo dio por bien acabado.

Cada noche el Armadillo padre llega a dormir, destapa el agujero; el ojillo mixto con malicia y miedo lo mira; él se sienta un rato y le pregunta si ha venido el otro Armadillo nacido el mismo día a invitarlo a la guerra. El Armadillo le mira, no entiende; y el viejo dice: "Ya vendrá". Y se pone a contarle un episodio de la primera guerra de los Armadillos, con su Cid en hueso y su Rolando en uña, y la cueva de mal olor se llena de un buen resuello heroico; el grupo se calienta con él y los tres petos se tocan y suenan seco.

Se duermen y al otro día el Armadillo viejo se va otra vez; la Armadilla coge una piedrecilla y se pone a pulir la coraza del soldadito, encuclillada, rombo a rombito; cuando está pulida, la frota con una estopa de concha hasta sacarle brillo; y zangolotea al chiquito hasta que lo muele y lo rinde. Se duerme el Armadillo. Es agosto y hace bochorno. Cuando el viejo entra a la tarde, pregunta lo mismo.

—¿Ha venido el Armadillo, hijito, y aceptaste la prueba? ¿verdad?

El Armadillo pequeño sigue ahí estúpido de calor y no dice nada.

El viejo también bufa un poco; se sienta y luego comienza a contar la segunda guerra de los Armadillos. Acaba y da al pequeño un mirotón sesgado. Esos, ya lo ves, mataban y sacudían el suelo y hacían sonar todo el campo en la siesta a choque de cuerno, a cabezadas de dos huesos.

El chiquito sigue arropado en su vaina y lo único que siente es la calentura del día, que se le mete y se le queda debajo.

La Armadilla tiene el mismo bochorno y cuando el viejo va a comenzar otra historia se atreve y va diciéndole al marido.

—Todo eso que cuentas al niño para sacarlo de la cueva, no es cierto. El Armadillo padre, el abuelo y los demás, hasta el Armadillo del comienzo, se han metido en este hueso, tuyo y mío. Metidos allí para pelear, ninguno peleó, y el campo nunca ha sonado a choque de hueso de armadillo.

En vez de contar la tercera guerra, buen viejo, ve lo que coges y si puedes desarmarnos este embeleco.

Yo quiero tomar aire y estar en cueros como la foca a la siesta. Yo creo que el chiquito quiere lo mismo.

Pero el viejo ha soldado bien a lo artesano y *eso* no quiere partirse; menos se podrá derrengar el corsé de la vieja y no digamos el suyo.

Se acuestan los tres, lado a lado, las botijas de hueso y sordas; y duermen de sueño caliente de tres botellas de chianti viejo puestas de costado en la arena, por la canícula.

23

LA
TORTUGA

Los tontos la ponen en cada discurso sobre el progreso para ofender las lindas lentitudes.

Ella ha vivido cuarenta años en este patio cuadrado, que tiene solamente un jazmín y un pilón de agua que está ciego. No conoce más de este mundo de Dios que recorren los salmones en ocho días.

Han echado en su sitio una arena pulida y ella la palpa y palpa con el pecho. La arena cruje dulcemente y resbala como un agua lenta.

Ella camina desde la arenilla hacia un cuadro de hierba menuda que le es familiar como la arena, y estas dos criaturas, arena y hierba rasada, se le ocurren dos dioses dulces.

Bebe sin rumor en el charco. Mira el cielo caído al agua y el cielo le parece quieto como ella. Oye el viento en el jazmín. Caen unas hojas amarillas, que le tocan la espalda y se le entra una cosa fría por lo bajo de la caparazón. Se recoge entonces.

Una mano vieja le trae alimento; otra nuevecita tañe en la caparazón con piedrecillas... La mano cuerda aparta entonces a la loca.

Brilla mucho la arena a cierta hora y el agua resplandece. Después el suelo es de su color y ella entonces se adormece. La parada conoce el mundo, muy bien que se lo sabe.

Todas las demás cosas hacen algo; el pilón gotea y la hierba sube; en ella parece no mudar nada. ¿No muda? Aunque ella no lo sepa, su caparazón engruesa; se azoraría si lo supiese.

Al fin ha muerto. Un día entero no se supo nada: parecía sólo más lenta... La cabeza entró en su estuche; las patas

24

en su funda. La arena se dio cuenta de que se encogía un poquito más.

La dejaron orearse; después la han vaciado. Ahora hay sobre la mesa una concha espaciosa, urna de hierro viejo, llena de silencio.

UNA
LECHUZA

ENTERA BLANCA Y CON un tocado antiguo y una garra de ámbar. El pico es de una Macbeth vieja que ha caído en la pesadumbre.

Tiene la irritación del día que salta en resplandores de cuarzo duro. Con la claridad desenfrenada, el ruido del parque le ha puesto el ojo sanguíneo de Macbeth colérica.

"Todos estos que pasan —me dice— no pueden entender a la Vieja Lechuza Blanca, con ojo de granate. Se paran delante de mí, me miran rápidamente y siguen hacia la jaula de papagayos frenéticos de Borneo. Si se quedaran un poco conmigo, a pesar de mi tristeza, yo les contaría algo de la noche que ellos ignoran como un país. La Noche es como un fruto de siete carnazones sucesivas y yo he llegado hasta su almendra morada de vacío... Inefable la almendra de la Noche. Ella ha ablandado mi plumón y me ha adelgazado el oído. Oigo... Oigo crecer el copo de lana en el cuello de la alpaca y oigo endurecerse el cuerno del bisonte negro. Te oigo a ti la vena alta y atenta de tu cuello.

Tócame. Ve si logras de ti un pensamiento que tenga este silencio. Y cuando pase esta noche, ve si consigues una estrofa tan suave como mi vuelo sesgado".

Y no la toco. A pesar de su pechuga de sueño y su quietud de cuajada, yo la conozco y le digo:

—Eres el Demonio Blanco, y tienes el vuelo sesgado del que yo he visto el relámpago en alguna noche. Porque también mi ojo se pone rojo de desvelo.

UNA SERPIENTE
DE JAVA

En Java el lodo era apasionado: olía bajo el bosque a pimienta aguda y a mango. No huele el fango en mi parque.

Y allá estaba yo menos grasa de subir por los troncos en unos giros redondos de látigo gaucho y de apretar en una urgencia de hambre matinal un gamo caliente de la carrera. Cosa mejor que esta carne estúpida que me ves engullir. A una serpiente noble, la misma carnaza que a la hiena vieja... La nobleza de una cobra está hecha de rapidez, de ojo breve y de rombos de oro.

Allá en Java, una mujer preferiría mi pellejo pintado como la jícara a una orquídea. Kipling también me rastreaba.

¿Sabes tú que otras criaturas se tatúan también según la cobra? El cielo nocturno hace hacia el oeste una cobra un poco rendida.

La Tierra no es la mujer abotagada que dijiste. Más

aguda que el aire, mira con los ojos derramados de sus serpientes. Le vaciaron una aljaba de ojos... Punza la mirada en negro de la Tierra. Un día la Anaconda de Quiroga te hará el elogio de la Tierra y tú lo entenderás. Vale más que el agua que no da los dones firmes de una niña y de una cascabel.

De Java me hace falta también la noche viva en que caen los frutos como gotas graves de sudor y los insectos no duermen, acicateados del aroma...

Corre de Java al Brasil —¿tú lo sabes?— el friso fabuloso que las cobras hacen a la Tierra, en rojo y amaranto.

Pero cuando vuelva yo, la serpiente de Java, ya no sabré hacer mi círculo ágil en el friso de las cobras. La carnaza que como me vuelve vieja: mi oído engruesa como el del carnero; la primavera sin ímpetu no rasga mi piel y el pistilo doble de mi lengua se seca.

Yo veré si un día me voy por el Árbol negro de la Noche, a saltos, por ese Árbol ceñido de la Noche que se cuaja sobre mí, y me alejo bajando hacia el Sur.

EL MIEDECITO
DE LA GACELA

E L Miedecito de la Gacela, su lindo miedo pequeño, le saltó, mientras ella dormía, del testuz donde estaba acomodado entre las dos orejas; se bajó de allí con su tamaño de medio metro, y lindo como salido de su madre, y dejó por la primera vez sin miedo a la Gacela que dormía.

Pisó la hierba seca del llano con desconfianza; vaciló algo al echarse a andar, pero se dio cuenta de que podía caminar.

El campo venía en unos golpes de olor, y el Miedecito de la Gacela, con sus narices abiertas de hijo de ella, olía con dicha.

Estaban los álamos quietos como devanaderas paradas de la tierra que hacían una pausa, los álamos que hilan la brisa de mejor calidad, la brisa perfecta que es la que apenas se siente y cuya labor de encaje es el quintral fuerte y bien ceñido.

El Miedecito de la Gacela se acercó, y ellos se crisparon de abajo arriba como para sujetar lo suyo y en el encogimiento se pusieron blancos. El Miedecito los miró un momento, le parecieron demasiado altos y se alejó con los pasitos suyos, pasitos de pata dura y redonda que es la misma de la Gacela.

La tierra que es pesada y que duerme mejor que nosotros, no se dio cuenta de esas patitas nuevas, patitas de Ángel cuadrúpedo que pasaban y en una parte en que la tierra estaba desnuda, él se dio cuenta de esa cosa muy grande y dura que se toca y que no responde nada.

El Miedecito de la Gacela llegó a un agua de riego encharcada, que por ser de esa misma noche era pura, y se paró a verla. El agua se encarrujó, se llenó de puntitos de expectación y se arrugó después con ganas de recogerse y doblarse como un pliego. El Miedecito de la Gacela pudo haberse visto en el agua y conocerse, cosa buena para no tener también miedo de sí; pero el agua así encogida no le dejó mirarse.

El Miedecito miró y caminó enseguida con más seguridad, se puso al trote y la humedad que subía en una niebla densa tuvo miedo y se rompió por todas partes, se abrió como tela vieja; dejó ver hacia un lado un bosquecillo, más allá un peñasco patético en mitad del llano y luego una aldea. El Miedecito de la Gacela, lo mismo que con el agua encogida, no supo que eso se rasgaba así a causa de que él iba pasando.

El Miedecito miró a la luna, la miró bien afligido sin entender aquello blanco e impertinente que estaba allí y la luna lejos y todo, sintió algo que le puso en torno un circulito amoratado que la volvió muy otra.

El Miedecito de la Gacela se metió, más adelante, a la aldea que le saltó al camino y con su tamaño de medio metro pasó debajo del campanario y por el cuartel de piedra, sin miedo, porque no los había visto nunca, y después fue parándose en casi todas las puertas de las casas que tenían niños detrás de ellas y ninguno de los niños tenía miedo, porque ya su piel no era delgadita y si el Miedo se les parase encima no lo sintieran tampoco, y si lo sintiesen no lo vieran, porque les han contado que el Miedo se ha acabado. Sólo uno, pero era una niña, se volteó en la cama, saltó y dio un gritito de grillo.

Era una niña de cabello largo y lacio de hierba, cabello que viene, dicen, de tener el corazón suave y que las pestañas le estaban siempre batiendo. La niña oyó al Miedecito que tanteaba contra la pared del cuarto como una abeja cogida y dijo: "Es uno de los Miedecitos del mundo el que está aquí, un miedo más pequeño que yo pero que puede conmigo". No llamó a la madre que estaba cerca, ni despertó a los muñecos que estaban tirados por el suelo; sentía cierto gusto de tener miedo, como cuando, con la cabeza metida en un matorral de palquis, la revoltura le daba miedo, pero ella no sacaba la cabeza ni la adentraba más tampoco. Buscó al Miedecito, que seguía tanteando con la oscuridad como una abeja borracha y el Miedecito la buscaba también a ella, aunque nunca le había visto y se abrazaron, pechito contra pechito, en la cama de tajada que nunca había tenido a dos. La niña tiritaba un poco; no quería que aquello se fuese, porque era el Miedecito de los niños que hace mal y que gusta a la vez.

Así se quedaron abrazados en su camita de lonja hasta la borronadura de las estrellas. Entonces el Miedecito de la Gacela dio un salto al suelo, se echó por la ventana y corrió por el campo hasta llegar al escondedero de matas donde estaba la Gacela ya para despertar.

Ella había dormido sin sentir el clavo que el aullido del lobo hace en la noche, ni el canto de los grillos, cada uno de los cuales le tira de un pelito del lomo.

El Miedecito de la Gacela saltó a su madre al testuz, en medio de las orejas, donde ha costado siempre, entrándose por él a su cuerpo.

Ya era de día y la Gacela se levantó para buscar hierba fresca.

Allá va, por una obra desnuda del campo con el costado que le salta de miedo: va a beber el agua con el pequeño belfo que sube y baja de miedo; y al cruzarse a los cazadores que madrugan, con el cuerpecito, de la cola a las orejas, claveteadito entero de miedo.

LA MEDUSA
DE GUAYACÁN

ME ECHÉ EN LA ARENA mojada, sobre unos rollos endiablados de plantas y animales marinos hurgando lo muerto y lo vivo, queriendo entender, criatura de cerros y quiscos y caída de bruces al mar. Primer tacto del mar:

gusto y susto; a cada manotada otro engendro, otra ramazón, otro bicho despampanante.

De pronto saltó uno entero, el mejor de todos ellos: una medusa, un trapo vivo plegado a una mecha de hilos gruesos; unos colores tiernos como los cintajos, algo de mentira y de veras.

En cuclillas, las manos asustadas, yo limpiaba aquello de pasto y arenas; y lo cogía y lo soltaba, entendía y no entendía. La arena me fallaba los pies en un hormigueo y cosquilleo. Mi gente me llamaba. Yo estaba deslumbrada y por lo mismo sorda, yo no veía sino *eso*.

Me metí al mar, la eché de bromas y una olita baja se la cogió, me la llevó de las manos. Arremangada, la seguí unos pasos, la grité como si fuese Juana o Inés. Una ola siguiente ya se llevó del todo mis albricias con una risotada ("Albricias se llama todavía en mi memoria...").

Sólo al perderla me la vi. La tumbada iba ahora recta con su cabezota de gloria cabalgando la ola de su salvación, dueña otra vez del mar, desenfadada, oronda sin acordarse de la playa ni de mi mano vacía. Era una mera medusilla, cosa de nada en la casta de las medusas apabullantes, genéricamente pequeña, o muy niña... Su color corría del blanco al azul y al lila entre capacete y flequería. Nadie me la supo nombrar; claro está, vulgar, plebeya y todo, ella es, en mi recuerdo, un pariente del ópalo de Querétaro, de un amanecer de otoño en cualquier parte y del tierno gris lluvia. La niña de 12 años no había levantado bichos tan leves ni visto aquel salto de muerte a vida.

La muy vagabunda nadó un poco todavía cerca de la playa llevando y trayendo mis ojos. Después ya me la perdí, con pesadumbre, tal vez con llanto. Me echaría otra vez a la arena puesto que hallé otras: una en las "últimas", la otra, muerta.

Las di vuelta, las hurgué, tal vez les hablé como a *ella*. No respondían a la mano, no daban señal de sí. Me estuve allí como ofendida, mirando fijo a mis palmas como quien soñó, robada de las olas y como aturdida.

Nadie me la supo nombrar, claro está, fruto exótico, valva de conchaperla, medusa. Lo mejor que posó sobre nuestras palmas y sus garabatos cabalísticos no son los dineros, ni los regalos, son las novedades de cosas y seres que tuvimos allí unos momentos, pero yo era medusa, bautizada sin sabérmelo y un día me di al mar.

II

LA
PIÑA

ESTABA ASENTADA COMO una dueña en la tierra. Ella no conoce la debilidad del pedúnculo en la pera de oro; bien posada en la tierra estuvo seis semanas, y la sentía suave y poderosa.

Penacho más recio que el suyo, ni el de la crin de los cascos de guerra. Una fruta guerrera ella toda cubierta de cicatrices como el pecho de la amazona. Y bajo esa cápsula breve, la exhalación contenida del aroma que puede embalsamar un campo.

—Es que yo soy hecha —dice ella— a semejanza de la Ilíada, que está llena de duras articulaciones, y que de pronto, se abre con dulzura en la estrofa de Helena.

EL
HIGO

TOCADME: ES LA SUAVIDAD del buen satín, y cuando me abrís, qué rosa inesperado. ¿No te acuerdas de algún manto negro de rey que debajo ardía de rojo?

Florezco hacia adentro para gozarme en una mirada, a mí mismo, siquiera una semana.

Después el satín se abre, generosamente en un gran pliegue de larga risa congolesa.

Los poetas no han sabido ni el color de la noche ni el del higo de Palestina. Ambos somos el mayor azul, un azul apasionado que, de su pasión, se adensa.

Si derramo mis flores apretadas en tu mano, te hago una pradera enana y te cubro con ella hasta los pies... No, las dejo atadas, y me dan el hormiguero de estambres que también se siente la rosa en reposo.

Yo soy también una pasta de rosas de Sarón, magulladas.

Deja que haga mi elogio: los griegos se alimentaban de mí y me han alabado menos que a Juno que no les dio nada.

EL
SAUCE

ESO DE QUE TENGO una gran pesadumbre, es una ocurrencia de las gentes sentimentales. El álamo busca el cielo y yo el agua. Me gusta esa cosa viva que se desliza como un ángel sobre su vestidura larga y que en los estanques tiene el pecho tibio.

He bajado mis ramas por ella y con la punta de mis dedos la conozco y la oigo.

Os pido que no me cortéis el ramaje a ras del agua: es como si os bajaran el semblante que estabais besando.

La palmera goza el aire con sus brazos abiertos y dichosos; yo me deleito en el agua. Pasa, pasa, y está allí siempre.

Tiene un hijo mío sumido en ella, otro sauce más sombrío que no sé dónde acaba. Ahí está, se mueve con una suave pesadez y se llena en momentos de luces moradas.

Bájame más, un poco más para verlo bien. Me sobra la cabeza y la atmósfera también está de más. Bien tendido sobre el banal como las hierbas, mejilla contra mejilla como se están las ninfeas, yo sería más dichoso.

EL
GIRASOL

"YA SÉ QUE es el de arriba. Pero las hierbas enanas no lo ven y creen que soy yo quien las calienta y les da la lamedura de la tarde".

Yo —ya véis que mi tallo es duro— no les he contestado ni con una inclinación de cabeza.

Nada de engaño mío, pero las dejo engañarse porque nunca alcanzarán a aquel que, por otra parte, las quemaría, y a mí en cambio hasta me tocan los pies.

Es bastante esclavitud hacer el sol. Este volverse al Oriente y al ocaso y estar terriblemente atento a la posición de aquél, cansa mi nuca, que no es ágil.

Ellas, las hierbas, siguen cantando allá abajo:

"El sol tiene cuatrocientas hojas de oro, un gran disco oscuro al centro y un tallo soberano".

Las oigo; pero no les doy señal de afirmación con mi cabeza. Me callo; pero sé, para mí, que es el de arriba.

EL
CARDO

UNA VEZ UN LIRIO de jardín (de jardín de rico) preguntaba a las demás flores por Cristo. Su dueño, pasando, lo había nombrado al alabar su flor recién abierta.

Una rosa de Sarón, de fina púrpura, contestó:

—No le conozco. Tal vez sea un rústico, pues yo he visto a todos los príncipes.

—Tampoco lo he visto nunca —agregó un jazmín menudo y fragante—, y ningún espíritu delicado deja de aspirar mis pequeñas flores.

—Tampoco yo —añadió todavía la camelia fría e impasible—. Será un patán: yo he estado en el pecho de los hombres y de las mujeres hermosas...

Replicó el lirio:

—No se me parecería si lo fuera, y mi dueño lo ha recordado al mirarme esta mañana.

Entonces la violeta dijo:

—Uno de nosotros hay que sin duda lo ha visto: es nuestro pobre hermano el cardo. Vive a la orilla del camino, conoce a cuantos pasan, y a todos saluda con su cabeza cubierta de ceniza. Aunque humillado por el polvo, es dulce, como que da una flor de mi matiz.

—Has dicho una verdad —contestó el lirio—. Sin duda el cardo conoce a Cristo; pero te has equivocado al llamarlo nuestro. Tiene espinas y es feo como un malhechor. Lo es también, pues se queda con la lana de los corderillos cuando pasan los rebaños.

Pero dulcificando hipócritamente la voz, gritó, vuelto al camino:

—Hermano cardo, pobrecito hermano nuestro, el lirio te pregunta si conoces a Cristo.

Y vino en el viento la voz cansada y como rota del cardo:

—Sí; ha pasado por este camino y le he tocado los vestidos, yo ¡un triste cardo!

—¿Y es verdad que se me parece?

—Sólo un poco, y cuando la luna te pone dolor. Tú levantas demasiado la cabeza. Él la lleva algo inclinada; pero su manto es albo como tu copo y eres harto feliz de parecértele. ¡Nadie lo comparará nunca con el cardo polvoroso!

—Di, cardo, ¿cómo son sus ojos?

El cardo abrió en otra planta una flor azul.

—¿Cómo es su pecho?

El cardo abrió una flor roja.

—Así va su pecho —dijo.

—Es un color demasiado crudo —dijo el lirio.

—¿Y qué lleva en las sienes por guirnalda, cuando es la primavera?

El cardo elevó sus espinas.

—Es una horrible guirnalda —dijo la camelia—. Se le perdonan a la rosa sus pequeñas espinas: pero ésas son como las del cacto, el erizado cacto de las laderas.

—¿Y ama Cristo? —prosiguió el lirio, turbado—. ¿Cómo es su amor?

—Así ama Cristo —dijo el cardo, echando a volar las plumillas de su corola muerta hacia todos los vientos.

—A pesar de todo —dijo el lirio—, querría conocerle. ¿Cómo podría ser, hermano cardo?

39

—Para mirarlo pasar, para recibir su mirada, haceos cardo del camino —respondió éste—. Él va siempre por las sendas, sin reposo. Al pasar me ha dicho: "Bendito seas tú, porque floreces entre el polvo y alegras la mirada febril del caminante". Ni por tu perfume se detendrá en el jardín del rico, porque va oteando en el viento otro aroma: el aroma de las heridas de los hombres.

Pero ni el lirio, al que llamaron su hermano; ni la rosa de Sarón, que Él cortó de niño por las colinas; ni la madreselva trenzada, quisieron hacerse cardo del camino y, como los príncipes y las mujeres mundanas que rehusaron seguirle por las llanuras quemadas, se quedaron sin conocer a Cristo.

LA RAÍZ
DEL ROSAL

BAJO LA TIERRA como sobre ella hay una vida, un conjunto de seres que trabajan y luchan, que aman y odian.

Viven allí los gusanos más oscuros, y son como cordones negros, las raíces de las plantas, y los hilos de agua subterráneos, prolongados como un lino palpitador.

Dicen que hay otros aún: los gnomos, no más altos que una vara de nardo, barbudos y regocijados.

He aquí lo que hablaron cierto día, al encontrarse, un hilo de agua y una raíz de rosal:

—Vecina raíz, nunca vieron mis ojos nada tan feo como tú. Cualquiera diría que un mono plantó su larga cola en la tierra y se fue dejándola. Parece que quisiste ser una lombriz, pero no alcanzaste su movimiento en curvas graciosas, y sólo le has aprendido a beberme mi leche azul. Cuando paso tocándote, me la reduces a la mitad. Feísima, dime, ¿qué haces con ella?

Y la raíz humilde respondió:

—Verdad, hermano hilo de agua, que debo aparecer ingrata a tus ojos. El contacto largo con la tierra me ha hecho parda, y la labor excesiva me ha deformado, como deforma los brazos al obrero. También yo soy una obrera; trabajo para la bella prolongación de mi cuerpo que mira al sol. Es a ella a quien envío la leche azul que te bebo; para mantenerla fresca, cuando tú te apartas, voy a buscar los jugos vitales lejos. Hermano hilo de agua, sacarás cualquier día tus platas al sol. Busca entonces la criatura de belleza que soy bajo la luz.

El hilo de agua, incrédulo pero prudente, calló, resignado a la espera.

Cuando su cuerpo palpitador ya más crecido salió a la luz, su primer cuidado fue buscar aquella prolongación de que la raíz hablara.

Y ¡oh Dios! lo que sus ojos vieron.

Primavera reinaba espléndida, y en el sitio mismo en que la raíz se hundía, una forma rosada, graciosa, engalanaba la tierra.

Se fatigaban las ramas con una carga de cabecitas rosadas, que hacían el aire aromoso y lleno de secreto encanto.

Y el arroyo se fue, meditando por la pradera en flor:

—¡Oh, Dios! ¡Cómo lo que abajo era hilacha áspera y parda, se torna arriba seda rosada! ¡Oh, Dios! ¡cómo hay fealdades que son prolongaciones de belleza!...

POR QUÉ LAS CAÑAS
SON HUECAS

AL MUNDO APACIBLE de las plantas también llegó un día la revolución social. Dícese que los caudillos fueron aquí las cañas vanidosas. Maestro de rebeldes, el viento hizo la propaganda y en poco tiempo más no se habló de otra cosa en los centros vegetales. Los bosques venerables fraternizaron con los jardincillos locos en la aventura de luchar por la igualdad.

Pero, ¿qué igualdad? ¿De consistencia en la madera, de bondades en el fruto, de derecho a la buena agua?

No, la igualdad de altura, simplemente. Levantar la cabeza a uniforme elevación, fue el ideal. El maíz no pensó en hacerse fuerte como el roble, sino en mecer a la altura misma de él sus espiguillas velludas. La rosa no se afanaba por ser útil como el caucho, sino por llegar a la copa altísima de éste y hacerla una almohada donde echar a dormir sus flores.

¡Vanidad, vanidad, vanidad! Delirio de ser grande, aunque siéndolo contra Natura, se caricaturizaran los modelos. En vano algunas flores cuerdas —las violetas medrosas y los chatos nenúfares— hablaron de la *ley divina* y de soberbia loca. Sus voces parecieron chochez.

Un poeta viejo con las barbas como Nilos, condenó el proyecto en nombre de la belleza, y dijo sabias cosas acerca de la uniformidad, odiosa en todos los órdenes.

¿Cómo lo consiguieron? Cuentan de extraños influjos. Los genios de la tierra soplaron bajo las plantas su vitalidad monstruosa, y fue así como se hizo el feo milagro.

El mundo de las gramas y de los arbustos subió una

noche muchas decenas de metros, como obedeciendo a un llamado imperioso de los astros.

Al día siguiente, los campesinos se desmayaron —saliendo de sus ranchos— ante el trébol, alto como una catedral, y los trigales hechos selvas de oro.

Era para enloquecer. Los animales rugían de espanto, perdidos en la oscuridad de los herbazales. Los pájaros piaban desesperadamente, encaramados sus nidos en atalayas inauditas. No podían bajar en busca de las semillas: ya no había suelo dorado de sol ni humilde tapiz de hierba.

Los pastores se detuvieron con sus ganados frente a los potreros; los vellones blancos se negaban a penetrar en esa cosa compacta y oscura, en que desaparecían por completo.

Entre tanto, las cañas victoriosas reían, azotando las hojas bullangueras contra la misma copa azul de los eucaliptus...

Dícese que un mes transcurrió así. Luego vino la decadencia.

Y fue de este modo. Las violetas, que gustan de la sombra, con las testas moradas a pleno sol, se secaron.

—No importa —apresuráronse a decir las cañas—; eran una fruslería.

(Pero en el país de las almas se hizo duelo por ellas).

Las azucenas, estirando el tallo hasta treinta metros, se quebraron. Las copas de mármol cayeron cortadas a cercén, como cabezas de reinas.

Las cañas arguyeron lo mismo. (Pero las Gracias corrieron por el bosque, plañendo lastimeras).

Los limoneros a esas alturas perdieron todas sus flores por las violencias del viento libre. ¡Adiós cosecha!

—¡No importa —rezaron de nuevo las cañas—; eran tan ácidos los frutos!

El trébol se chamuscó, enroscándose los tallos como hilachas al fuego.

Las espigas se inclinaron, no ya con dulce laxitud; caye-

43

ron sobre el suelo en toda su extravagante longitud, como rieles inertes.

Las patatas por vigorizar en los tallos, dieron los tubérculos raquíticos: no eran más que pepitas de manzana...

Ya las cañas no reían; estaban graves.

Ninguna flor de arbusto ni de hierba se fecundó; los insectos no podían llegar a ellas, sin achicharrarse las alitas.

De más está decir que no hubo para los hombres pan ni fruto, ni forraje para las bestias; hubo, eso sí, hambre; hubo dolor en la tierra.

En tal estado de cosas, sólo los grandes árboles quedaron incólumes, de pie y fuertes como siempre. Porque ellos no habían pecado.

Las cañas, por fin, cayeron las últimas, señalando el desastre total de la teoría niveladora, podridas las raíces por la humedad excesiva que la red de follaje no dejó secar.

Pudo verse entonces que, de macizas que eran antes de la empresa, se habían vuelto huecas. Se estiraron devorando leguas hacia arriba; pero hicieron el vacío en la médula y eran ahora cosa irrisoria, como las marionetas y las figurillas de goma.

Nadie tuvo, ante la evidencia, argucias para defender la teoría, de la cual no se ha hablado más, en miles de años.

Natura —generosa siempre— reparó las averías en seis meses, haciendo renacer normales las plantas locas.

El poeta de las barbas como Nilos vino después de larga ausencia, y, regocijado, cantó la era nueva:

"Así, bien mis amadas. Bella la violeta por minúscula y el limonero por la figura gentil. Bello todo como Dios lo hizo: el roble roble y la cebada frágil".

La tierra fue nuevamente buena; engordó ganados y alimentó gentes.

Pero las cañas-caudillos quedaron para siempre con su estigma: huecas, huecas...

POR QUÉ LAS ROSAS
TIENEN ESPINAS

H A PASADO CON LAS rosas lo que con muchas otras plantas, que en un principio fueron plebeyas por su excesivo número y por los sitios donde se las colocara.

Nadie creyera que las rosas, hoy princesas atildadas de follaje, hayan sido hechas para embellecer los caminos. Y fue así sin embargo.

Había andado Dios por la Tierra disfrazado de romero todo un caluroso día, y al volver al cielo se le oyó decir:

—¡Son muy desolados esos caminos de la pobre Tierra! El sol los castiga y he visto por ellos viajeros que enloquecían de fiebre y cabezas de bestias agobiadas. Se quejaban las bestias en su ingrato lenguaje y los hombres blasfemaban. ¡Además, qué feos son con sus tapias terrosas y desmoronadas!

Y los caminos son sagrados, porque unen a los pueblos remotos y porque el hombre va por ellos, en el afán de la vida, henchido de esperanzas si mercader, con el alma extasiada si peregrino.

Bueno será que hagamos tolderías frescas para esos senderos y visiones hermosas: sombra y motivos de alegría.

E hizo los sauces que bendicen con sus brazos inclinados; los álamos larguísimos, que proyectan sombra hasta muy lejos, y las rosas de guías trepadoras, gala de las pardas murallas.

Eran los rosales por aquel tiempo pomposos y abarcadores; el cultivo, y la reproducción repetida hasta lo infinito, han atrofiado la antigua exuberancia.

Y los mercaderes, y los peregrinos, sonrieron cuando los álamos, como un desfile de vírgenes, los miraron pasar, y cuando sacudieron el polvo de sus sandalias bajo los frescos sauces.

Su sonrisa fue emoción al descubrir el tapiz verde de las murallas, regado de manchas rojas, blancas y amarillas, que eran como una carne perfumada. Las bestias mismas relincharon de placer. Eleváronse de los caminos, rompiendo la paz del campo, cantos de un extraño misticismo por el prodigio.

Pero sucedió que el hombre, esta vez como siempre, abusó de las cosas puestas para su alegría y confiadas a su amor.

La altura defendió a los álamos; las ramas lacias del sauce no tenían atractivo; en cambio, las rosas sí que lo tenían, olorosas como un frasco oriental e indefensas como una niña en la montaña.

Al mes de vida en los caminos, los rosales estaban bárbaramente mutilados y con tres o cuatro rosas heridas.

Las rosas eran mujeres, y no callaron su martirio. La queja fue llevada al Señor. Así hablaron temblando de ira y más rojas que su hermana, la amapola:

—Ingratos son los hombres, Señor; no merecen tus gracias. De tus manos salimos hace poco tiempo, íntegras y bellas; henos ya mutiladas y míseras.

Quisimos ser gratas al hombre y para ello realizábamos prodigios: abríamos la corola ampliamente, para dar más aroma; fatigábamos los tallos a fuerza de chuparles savia para estar fresquísimas. Nuestra belleza nos fue fatal.

Pasó un pastor. Nos inclinamos para ver los copos redondos que le seguían. Dijo el truhán:

—"Parecen un arrebol, y saludan, doblándose, como las reinas de los cuentos".

Y nos arrancó dos gemelas con un gran tallo.

Tras él venía un labriego. Abrió los ojos asombrado, gritando:

—"¡Prodigio! La tapia se ha vestido de percal multicolor, ni más ni menos que una vieja alegre!".

Y luego:

—"Para la Añuca y su muñeca".

Y sacó seis, de una sola guía, arrastrando la rama entera.

Pasó un viejo peregrino. Miraba de extraño modo: frente y ojos parecían dar luz.

Exclamó:

—"¡Alabado sea Dios en sus criaturas cándidas! ¡Señor, para ir glorificándote en ella!".

Y se llevó nuestra más bella hermana.

Pasó un pilluelo.

—"¡Qué comodidad! —dijo—. ¡Flores en el caminito mismo!".

Y se alejó con una brazada, cantando por el sendero.

Señor, la vida así no es posible. En días más, las tapias quedarán como antes: nosotras habremos desaparecido.

—¿Y qué queréis?

—¡Defensa! Los hombres escudan sus huertas con púas de espino y zarzas. Algo así puedes realizar en nosotras.

Sonrió con tristeza el buen Dios, porque había querido hacer la belleza fácil y benévola, y repuso:

—¡Sea! Veo que en muchas cosas tendré que hacer lo mismo. Los hombres me harán poner en mis hechuras hostilidad y daño.

En los rosales se hincharon las cortezas y fueron formándose levantamientos agudos: las espinas.

Y el hombre, injusto siempre, ha dicho después que Dios va borrando la bondad de su creación.

III

III

LA
CHARCA

ERA UNA CHARCA pequeña, toda pútrida. Cuanto cayó en ella se hizo impuro: las hojas del árbol próximo, las plumillas de un nido, hasta los vermes del fondo, más negros que los de otras pozas. En los bordes, ni una brizna verde.

El árbol vecino y unas grandes piedras la rodeaban de tal modo, que el sol no la miró nunca ni ella supo de él en su vida.

Mas un buen día, como levantaran una fábrica en los alrededores, vinieron obreros en busca de las grandes piedras.

Fue eso en un crepúsculo. Al día siguiente, el primer rayo cayó sobre la copa del árbol y se deslizó hacia la charca.

Hundió el rayo en ella su dedo de oro y el agua negra como un betún, se aclaró: fue rosada, fue violeta, tuvo todos los colores: ¡un ópalo maravilloso!

Primero, un asombro, casi un estupor al traspasarla la flecha luminosa; luego, un placer desconocido mirándose transfigurada; después... el éxtasis, la callada adoración de la presencia divina descendida hacia ella.

Los vermes del fondo se habían enloquecido en un principio por el trastorno de su morada; ahora estaban quietos, perfectamente sumidos en la contemplación de la placa áurea que tenían por cielo.

Así la mañana, el mediodía, la tarde. El árbol vecino, el nido del árbol, el dueño del nido, sintieron el estremecimiento de aquel acto de redención que se realizaba junto a ellos. La fisonomía gloriosa de la charca se les antojaba una cosa insólita.

Y al descender el sol vieron una cosa más insólita aún. La caricia cálida fue durante todo el día absorbiendo el agua impura insensiblemente. Con el último rayo subió la última gota. El hueco gredoso quedó abierto, como la órbita de un gran ojo vaciado.

Cuando el árbol y el pájaro vieron correr por el cielo una nube flexible y algodonosa, nunca hubieran creído que esa gala del aire fuera su camarada, la charca de vientre impuro.

Para las demás charcas de aquí abajo, ¿no hay obreros providenciales que quiten las piedras ocultadoras del sol?

LIMPIA
TU FUENTE

SEPARABA UN ALTO matorral las dos fuentes y, siendo fuentes las dos, depósitos de agua vital, eran distintas como una roca y un árbol. En una bebían las bestias, porque estaba descubierta, y era barrosa; la otra, velada por hierbas altas, era clara como los ojos de los niños. Cuando el campo quedaba solitario y volvían los labriegos a la aldea y las bestias entraban en sus antros, en los crepúsculos suaves, solían charlar las fuentes. La de pupila turbia contaba:

—Estoy rodeada de unas cañas pardas, largas como serpientes. Han venido hoy a beber en mí unos animales de ligero andar y cuerpo esbelto, pardos también. Ahora estoy copiando un cielo obscuro sobre el que van marchando algunos trapos sucios, que se mueven con cierta gracia.

Y la fuente clara, como ojo de niño:

—También se doblan sobre mi vidrio redondo unas cañas altas, pero no son pardas; anchas y lustrosas, sus hojas echan penachos espléndidos hacia la luz. Las bestias que bebieron en tu linfa, son unos huemules de bella piel amarillenta y de vientre claro. El cielo que tenemos sobre la faz es de un azul dulcísimo y el crepúsculo lo ha veteado de zonas rosas. Las nubes son blancas y palpitan arriba como los nenúfares húmedos sobre nuestros vidrios.

Y la fuente de placa turbia alegaba aún:

—Imposible. Yo estoy más abierta al cielo y veo bien; la umbría que te hace la cañada proyecta quimeras sobre tu retina.

Y la fuente límpida, que por ser pura hospedaba la sabiduría:

—El hocico fino de las gacelas te enturbia, removiéndolo, el claro seno; además, deben haberte crecido lamas viciosas en el fondo. Prueba resguardar de aquella un remanso y despréndele la vegetación que asciende, malévola. ¡Verás, verás!...

Tardes después, la fuente gredosa, con una alegría de niña:

—Hermana de velo azul, ¡oye, oye! Hay un prodigio que se hace sobre mí y en mi contorno. Como me aseguraste, verdes son las cañas que me abanican, los huemules que pasan por la villa tienen clara la bella piel y unos grandes lotos florecen sobre el cielo infinitamente dulce.

Cuando los seres te parecen mezquinos y la vida se desfloca, parda, como una cepa muerta, es que te han enturbiado tu linfa; limpia tu fuente...

LA PASCUA
DE LOS PÁJAROS

Hebras para el nido

Los niños de allende el mar, los pequeños de Francia y España, ven que Noel va hacia sus pueblos caminando bajo las mariposas de la nevada: Noche Buena es para ellos noche de invierno.

Los árboles han perdido la donosura del follaje; la tierra sobre la cual camina se extiende enharinada y yerta, y él mismo llega con las barbas escarchadas: cada cabello una estalactita...

En la Noche Buena de mi cuento, Noel va camino de la ciudad, apresuradamente, curvado por la carga de juguetes. El que marcha a su lado es joven y de fina silueta; la boca que charla al barbudo es la misma de las parábolas.

Ya cerca de la ciudad se separan, y Noel dice:

—Maestro, fuera mejor ir conmigo al poblado y obsequiar a los niños.

Y Él:

—También los pájaros son niños, criaturas de alegría, y es bueno que conozcan que ésta es para ellos, como para los hombres, la noche de la ternura.

Noel arguye todavía:

—Los encontrarás dormidos.

Y Jesús:

—Mejor; en la oscuridad, mi caridad cobrará más dulzura.

Con esto se separan, y Jesús tuerce el rumbo al bosque próximo.

Mancha éste en una gran extensión la blandura del llano. Aunque está muerto, insensible de nieve y de amargura, ha sentido la presencia de Jesús: su oscuridad la advierte como una llama pálida que pasa entre los troncos: su suelo aterido, como la tibieza del sol: sus árboles como un caudaloso ascender de la savia por sus médulas secas.

¡Sabe el bosque quién es Aquel que va por sus caminos!

Son apretados y oscurecidos de maraña estos caminos del bosque, propicios a la serpiente ladina y al esquivo ciervo, de ágiles piernas y piel manchada. No importa: la mirada de Jesús, como una doble cinta luminosa, rasga con suavidad la sombra.

Se para junto a los grandes árboles y empinado hasta alcanzarlos, explora la apretadura de ramas secas, hurga anhelosamente, hunde su mano en el rebelde enredo y la saca luego rasguñada y vacía.

Es al pájaro a quien busca, su sedosa ala dormida que no aparece. Palpa con ansiedad el duro cuerpo del árbol, hasta la copa muerta, y, por fin, se aparta desengañado y triste. Que no hay ninguno le dice el perfecto silencio del bosque. Ya hubiera volado azoradamente en la oscuridad el que estuviera dormido en los contornos.

¡Ninguno! Menos codiciosos que los niños de la ciudad, estos niños de la rama no han colgado en ella un zapatito abierto...

Entonces los grillos, los chismosos del bosque, saliendo a grandes saltos al camino, informan a Jesús en su lengua áspera.

—Os lo diremos, Señor. Los pocos que quedaron tienen agarrotadas de frío las patitas, y de saltarines que eran, se han tornado quietos; de ahí que no se azoren al sentirte. Los otros, los más, de larga ala viril, pasaron el Mediterráneo, azul como una turquesa, en busca de la tierra cálida que enardece el trino.

Jesús escucha un momento y piensa:

—He de dejarles, sin embargo, una amorosa señal de mi paso en esta noche. La Primavera vendrá pronto, y cuando ellos retornen de la tierra cálida, la nieve habrá quemado los rastrojos y habrán las aguas lluvias arrastrado las hebras del suelo. Tejer el nido será entonces amarga labor.

Ahora, a la par que se interna, va colgando de cada gancho de encina y de álamo y de las chatas matujas inclinadas hacia el sendero, una desflecadura fina y luminosa: su cabellera.

En largas guedejas la desprende de la frente misma, junto al cuello, de las sienes suaves, sobre la que caen lánguidas y doradas.

Engarzadas en las ramas, las visten de gloria, como si una anticipada primavera hubiera venido hasta ellas en esta noche en que todos los prodigios se hacen posibles.

Y sigue internándose más, siempre más, mientras el alba tarda en llegar, y todo árbol queda enriquecido a su paso, sin que el río caudaloso merme sobre las espaldas, llevándolo aún bastante espeso para dejar vestidos todos los bosques de la tierra.

Las hebras rubias que los pájaros hallan esparcidas por todas partes a su regreso, son finas y fuertes, como los dedos de Jesús, y el nido sale de ellas delicado y viril, tejido sabiamente para el ala y para el huracán.

LA GRACIA
DEL TRINO

NOCHE BUENA es para nosotros noche de estío, fragante de pomas maduras en las huertas, luminosa y cálida.

Los pájaros tejieron el enredo rubio del nido a principios de la primavera, y ésta alcanzó a dejárselo florido con tres huevitos azules o jaspeados.

Ahora, ya hay en ellos temblor de alas que están inquietas porque saben que cualquier gloriosa mañana de éstas serán llamadas hacia arriba...

Como allá, Jesús sale por los caminos en busca de los pájaros, a la preciosa hora en que Noel jadea, rumbo a la ciudad, con la pesada alforja a cuestas.

Hay una luna llena que unta de claridad la sierra y la derrama en un riego caudaloso hacia el valle.

Jesús salva las selvas espinosas sin desgarrarse las sandalias, y cae sobre las huertas, que están durmiendo, llenas de luna y de paz. El relente se le ha deslizado por cabellera y espalda, y al abrirse paso, sobre las matas agrias que le toman la túnica, cae una lluvia de gotas luminosas... En cada árbol se detiene, coge una rama, la que tienen enriquecida los nidos, y bajándola a la altura de su pecho, se la recuesta con suavidad en él. Luego, va cogiendo uno por uno los nidos y contemplándolos amorosamente. El pájaro medio dormido en el fondo no se ha sobresaltado, no despereza siquiera el ala amodorrada; los ojos de Jesús que lo miran tan próximos le parecen unas dos lunas dulcísimas, y deja que, como la de lo alto, sigan bañándolo de su sereno resplandor.

Jesús lo toma delicadamente, así, cual un cristal frágil, y llevándolo a sus labios, pone entre ellos el pequeño pico que aún no ha adquirido dureza, que es breve y blanducho todavía.

Ahí, entre los labios, mucho tiempo.

El pájaro siente que algo está sorbiendo de entre ellos, no sabe qué, tal vez otro relente cálido, porque pasa enardeciéndole la garganta.

La luna se hace más tierna sobre toda esa ternura, las hierbas, por ver, se empinan afanosamente, aguzando las puntillas de yemas; el viento aquieta el ala, por percibir el chasquido suave del beso.

Ahí, entre los labios, mucho tiempo.

Al cuerpito friolento el sabroso hospedaje le va sabiendo a amor, a sereno y seguro amor, y se ha quedado en la mano de Jesús sosegado y dichoso.

Después, el Maestro desprende suavemente el piquito húmedo, que aún se le adhiere, amoroso; deposita el ave en el fondo del nido y suelta la rama, que asciende libre, rica de una cosa nueva.

Nada más ahora; pero esperad que pase esta noche y otras noches, para saber lo que se bebió allí, en los labios cálidos, bajo la luna.

Sobre la copa de un manzano, dorada de tarde, un pájaro canta, jilguero tornasol o tordo esbelto, de negra ala luciente. Canta, y todo lo escucha emocionado en la huerta: la rama que lo sostiene, palpitadora y fina, el agua azul de las pozas puras, hasta las feas piedras, que nos parecen muertas.

Tan seductor es el canto que éstos, inquietos o indiferentes de suyo, permanecen, hasta que viene la noche, hechizados y silenciosos.

Saben ellos el secreto: saben que el Maestro ha dado a éste de perfecto modo la virtud que las aguas expresan sólo torpemente: la virtud melodiosa, más dulce que otra alguna.

Y saben también, porque lo vieron aquella noche, que los otros pájaros quedaron desposeídos de ella por lamentable esquivez suya: la lechuza huraña rechazó el beso, y con un aletazo hirió a Jesús en la flor de los párpados, en tanto que la paloma, la golondrina y otras, impacientes, lo interrumpieron, y la gracia del trino fue recibida sólo a medias, imperfecta, trunca...

EL
PICACHO

FRESCO Y ERECTO COMO un capullo de flor, el pico más alto y bello de la Cordillera toca el cielo; se imprime sobre su lámina dulcemente: así un labio.

Todavía la nieve no ha venido a espesar en él, y es de un azul pizarra magnífico. Cuando los vidrios de la atmósfera están puros, se mira tan límpido y próximo, como si pudiera ser tocado por mi mano, desde el valle. Cuando una polvareda de niebla le tiembla en los contornos, adquiere un suave misterio y se pensaría en una forma preciosa que un dueño guardara de la ajena mirada celosamente.

Llega el invierno, y antes de que la nieve florezca sobre la morena erizadura de las otras cumbres, florece en él. De perfecto modo colma sus resquebrajaduras, quita dureza a la punta aguzada y la redondea un tanto, dulcificándola.

Ya trajeado de blancor, todas las transfiguraciones se hacen posibles sobre su flanco glorioso: en las albas es de oro, de un oro dulce de polen; en las tardes se incendia como una pira, y, si el poniente es dulce, cobra un rosa de epidermis delicada.

En ninguno es más espeso el casquete inmaculado; ninguno, tampoco, echa a rodar más aguas vivas por sus largas arrugas, allá en los días que el estío trae dentro su alforja ardiente.

Picacho, cada mañana tu visión me exalta y me renueva su arenga de pureza y de fuerza. La gracia del habla no te fue dada, como al hijo río que te nace de los estuches duros, y sin embargo, ninguna boca de hombre fluye los salmos eternos que yo te escucho, desde el valle.

—"Aprende de mí el gesto altivo, que no es de soberbia sino de libertad. En el polvo he puesto mi pedestal recio, pero lanzo al azul mi florecimiento solitario y espléndido.

"No es por desdén a los de abajo lo que busco la amistad de las estrellas. Aquí exprimo mejor el seno de la nube y el tesoro frescoroso baja luego al valle.

"Enciendo mi enorme leño en los crepúsculos sangrientos y me doro como un rizo en las auroras, porque es bueno ser hermoso y para que los que me ven recojan en sus pupilas la visión soberana.

"Soy fuerte, sin dejar de ser delicado: mi cima es aguzada y exquisita como un extremo de ala. En mi vigor hay dulzura: regado de luna soy todo cándido, un dulce niño recostado sobre el regazo profundo de los cielos.

"¿Me sientes heroico? El trueno, brutalmente sonoro en mi entraña, no tiene el poder de desgarrármela.

"¡Sereno, sereno! En estas zonas el ritmo de la vida es sosegado, ya que las vidas trascienden a eternidad. Lleva a tu corazón afiebrado de afanes materiales mi índole plácida, y sea contigo entre el hervor de las multitudes.

"Que se vean los contornos de tu alma, firmes y límpidos, sin vaguedades cobardes, como mi botón moreno.

"Y de cuanto pusieran en ti, despréndete gozosamente, sin el mezquino temor a la desnudez, cual hago yo con mi trajeadura de nieves. Quien te vistió una ocasión de luminosa saya, te vestirá siempre con la misma esplendidez. Lo ves en mí cada invierno".

—Picacho soberano, más elocuente que un labio de hombre, que mis ojos no olviden ningún día contemplarte, y que la diaria adoración acabe por hacerme a tu semejanza.

DECIR
EL SUEÑO

ALREDEDOR DEL ABUELO, que no puede dejar su sillón ni aún para salir a contemplar cómo florecen los almendros en esta primavera, los tres nietos charlan.

Luis es fuerte, tostada la tez, la voz vibrante y los ademanes resueltos. Tiene un hablar apasionado, y los ojos negros se le encienden con extraños fuegos en el ardor de su convencimiento.

Jorge es fláccido de fisonomía y de actitud. Se parece a la madre en los ojos claros y la palabra bondadosa.

Romelio es pálido, sin tener aspecto enfermizo. Tiene gran dulzura en el mirar y en los labios finos. Acodado en el alféizar de la ventana; el paisaje lo tiene más interesado que la charla de los hermanos.

El abuelo, entre ellos, sonríe dichoso, a pesar de sus piernas pesadas, que ya no hollarán más las hierbas de los senderos. Al mismo aposento se ha entrado la primavera en los mozos decidores y sanos.

Acompañando su discurso con ademanes violentos, que le prestan extraordinaria animación, Luis charla:

—"Está al otro lado de aquella fila de colinas, y aunque no lo oís, yo sé que me llama. El mar es más bello que cualquier tierra bella. Es activo, y todo corazón animoso ama las olas viajeras, que piden llevar a los hombres de país en país, sobre su dorso claro. Cuando yo he estado junto al mar, ¡cuántas empresas heroicas me han hinchado de bríos el pecho viril!

"Un buen día dejaré, abuelo mío, tu casa y tu villa, hermosas quizás, pero de otra hermosura, y sellaré mi pacto con el mar: mi vida se gastará sobre sus olas vivas, pero él me la ha de devolver engrandecida.

"Yo he soñado con un barco grande como nuestra casa, y que era mío. Sus máquinas jadeaban llevándolo rápido sobre las masas de agua, y los marineros cantaban en la cubierta, exaltados por el viento salino y fragante. Lo más valioso que da la tierra en alianza con la luz, conducía yo en ese barco magnífico. Eran las maderas preciosas del trópico, eran sus frutas perfumadas y hasta sus pájaros de pluma vívida: eran todos esos dones que la tierra cálida ofrece a la tierra brumosa, que es como su hermana melancólica. La mar era propicia a mi fortuna y consentía maternalmente en que la proa osada la dejara florecida de espuma unos instantes. De la mar salían también palabras de gloria para saludar mi barco y mi corazón joven, anheloso de altos destinos".

El cuarto apacible se ha ido llenando de las visiones soberbias que el niño evocaba. El abuelo tiene gozosamente abiertos ante ellas sus ojos, que se hacen por un momento ardientes y maravillados.

Jorge habla lentamente y con una suave intención de dulcificar el alma del viejo:

—"¿Para qué ir tan lejos, si junto a nosotros la vida se ofrece buena?

"Yo amo la tierra que mis padres cultivaron y que las plantas del pobre abuelo han dejado también perfumada. Yo quiero serle fiel, porque fue fecunda en servicios para los míos, y le he de dar la juventud de mis brazos y de mi corazón.

"Todos mis ensueños se encaminan hacia la piadosa empresa de volverla más bella y más opulenta. He de conducir a ella aquellas máquinas que hoy hacen mejor que los hombres la obra de llenar los surcos primero, y de aliviarlos después de su fecundidad dolorosa.

"Amorosamente iré en su ayuda, para que el producir no la fatigue demasiado ni la agote; amorosamente le llevaré las sales que la vigorizan, la surcaré de canales profundos y de caminos amplios.

"Al son de canciones, es decir, con santa alegría, le abriré el seno; al son de canciones también, se lo llenaré de gérmenes y se lo refrescaré en los días ardientes del estío.

"La tierra es hermosa, por sobre toda hermosura: rizada de trigos, nevada de cerezos en flor y pintada de follajes caducos en el otoño opulento.

"Y seguro está todo amor que descanse en ella, y toda esperanza que se cifre en su polvo sagrado. Quizás, Luis, tu mar te traicione alguna vez; ella no podrá sino serme leal siempre.

"Me quedo con ella, enamorado de su prodigio y agradecido de su largo sustentar a los de mi raza".

El abuelo sonríe, agradecido él también a la lealtad del que no quiere dejarlo.

Romelio calla. Los hermanos le instan para que diga su sueño:

—"¿No os importa la tarde, que se está deshojando afuera como un rosal encendido, con qué belleza apacible?

"Seguro estoy de que no hay bajo el cielo otra tierra más hermosa que ésta que conocen mis ojos felices. Y porque

63

estoy lleno de su suave orgullo por ella, la empresa mía será de copiarla todo lo bellamente que alcance.

"Quizás pensáis que seré un inútil entre vosotros; pero también es ésta una manera de amar la tierra, sin pedirle nada fuera del gozo que pide su tranquila adoración.

"Mientras hablabais, estaban ociosas mis manos, pero mi espíritu se hacía todo vivo para recoger en las pupilas este instante soberano de los cielos y la tierra.

"Hay momentos en que el paisaje es tan vigoroso, enrojecido por un sol de ocaso, que exalta el corazón como los más intensos himnos guerreros; otras veces cobra la suavidad de las canciones de cuna.

"También hay santidad en ser un amoroso de la obra de Dios, sentirla muy hondamente y recogerla con reverencia. Y yo no haré otra cosa, mientras estén mis ojos abiertos a este encanto profundo y delicado".

Habla con dulzura y sigue mirando el paisaje, como un hechizado.

El abuelo también sonríe, dichoso de oírlo. Porque también la belleza cupo en su corazón suave y viril.

Fuentes mistralianas

1. Con el título de *Estampas de animales* (apuntes de los jardines zoológicos de París, Amberes y Marsella), "El faisán dorado", "La jirafa", "La cebra", "La alpaca", "El topo", "El armadillo", "La tortuga", "Una lechuza", "Una serpiente de Java", se publicaron originalmente en *El Mercurio* (Santiago, 29 de agosto de 1926, p. 3; 9 de enero de 1927, p. 3; y 4 de diciembre de 1932, p. 1).

2. *El miedecito de la gacela*, "Repertorio Americano", Tomo xx, San José, Costa Rica, 11 de enero de 1930, p. 26.

3. *La medusa de Guayacán*, fechado por la autora en Nápoles, octubre de 1932. Lo publica Roque Esteban Scarpa en *Gabriela Mistral: Elogio de las cosas de la tierra*, Editorial Andrés Bello, Santiago, 1979, p. 118. Aquí sólo extractamos la parte medular, fabuladora y cuentística del memorial y bello relato.

4. "La piña", "El higo", "El sauce", publicados en *El Mercurio*, Santiago, 31 de octubre de 1928, p. 5.

5. *El girasol*, fechado por Gabriela Mistral en Nápoles, octubre de 1932. Con el nombre de *Estampas florales*, Roque Esteban Scarpa lo incluye en *Elogio de las cosas de la tierra* (Ed. Andrés Bello, Santiago, 1979, p. 67).

6. "El cardo", "La raíz del rosal", "Por qué las cañas son huecas", "Por qué las rosas tienen espinas", "La charca", publicados en *Desolación*, sección Prosa Escolar (Cuentos), Editorial Nascimento, Santiago, 1923, pp. 325-347.

7. "Limpia tu fuente", publicado originalmente en la revista *Luz y Sombra*, Valparaíso (primera quincena de noviembre, 1915). Raúl Silva Castro lo incluye en *Producción de Gabriela Mistral de 1912 a 1918*, Anales de la Universidad de Chile, Nº 106, Año CXV, Santiago, Segundo Trimestre, 1957, p. 222.

8. *La Pascua de los pájaros, La gracia del trino, Ibid.*, pp. 223-225.

9. "El picacho", publicado originalmente en revista *Sucesos*, Valparaíso, 29 de julio, 1915. Lo recoge Raúl Silva Castro, en *op. cit.*, pp. 219-220.

10. "Decir el sueño", con el título de "Proyectos" este relato se publicó originalmente en el *Segundo Libro de Lectura* (1917), de Manuel Guzmán Maturana. Lo incorpora posteriormente Raúl Silva Castro, *op. cit.*, pp. 234-235.

J. Q.